歌集

鳥笛

Toribue

Toshiko Ashida

芦田敏子

砂子屋書房

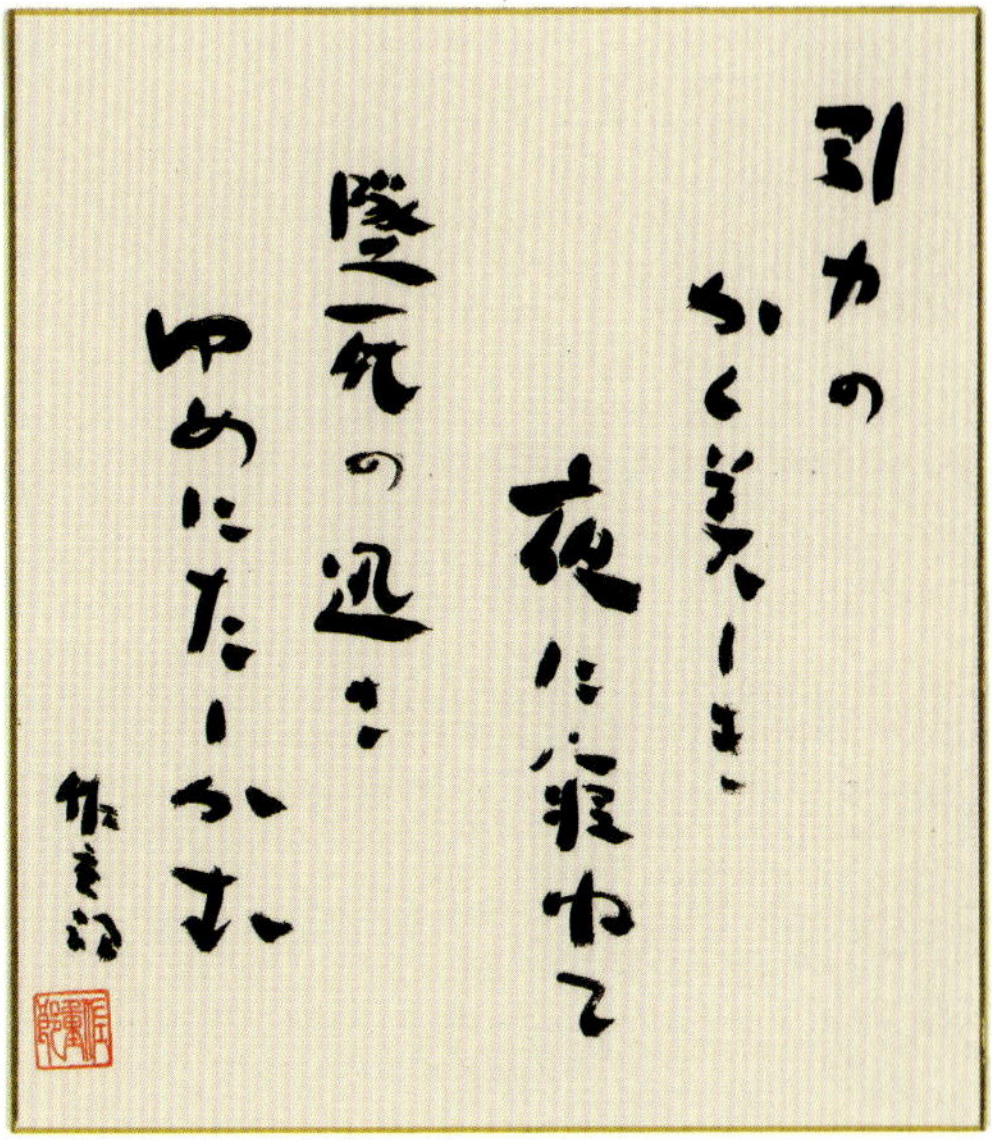

引力の
かくも美しき
夜に寝ねて
墜死の迅さ
ゆめにたしかむ

＊目次

I　春の章

II　夏の章

Ⅲ　秋の章

装幀・間村俊一

歌集
鳥笙《とりぶえ》

Ⅰ　春の章

帰雁

呼びかへす張りあるこゑのさびれつつ帰雁ひとつら見送りにけり

発つ雁の気負ひに押されし合鴨ら三月の水いくたびも搏つ

迷ふなく欠けることなく国境を越えてまた来よ春の鴨発つ

親離れ子離れいつか身をすぎて窓辺に春のセーターを編む

向きあひて二心二体とおもふとき卓の小手毬こまかく散りぬ

宅配のひとの抱へし荷を追ひて春光ひとすぢ駆けて来たりぬ

玉しまるキャベツ片手にはかりつつ撒かれし薬の量《かさ》を恐るる

からたちの棘なす垣根めぐらせて自己偏愛にひとは生きゆく

複雑に風巻き吹けるわが庭に馴染みて馬酔木あふれ咲きたり

根腐れの花を抜きつつそぐはざる愛のかたちもあるをおもへり

雨あとの庭草ぬけば長き根が土の秘めたる闇を連れきぬ

あたらしき棘も混じれる蔓薔薇のがんじがらめに白き花咲く

ゴミ袋やぶる鴉を追ひたてしこゑ生臭きわれとおもへり

美しき使者

雪柳ひた散る日なり庭畑の片畝しろく花びら溜まる

庭ざかひこえて花びら吹かれ来ぬ利害あらざるものの安けさ

美化されてあまた征きけり岐れ路に咲く花あふぐわがまなこ冷ゆ

奥つ城はつねに風あり花散れば花びら運ぶ美《は》しき使者なり

花のゆく彼の世のあらば戦没の肩にしらしらふたたび散るな

存念は人の世のこと咲ききりてさくら無心にいつしんに散る

せきせきと桜ふぶけり無音なる地球自転の界きしむまで

記憶力うするることのやさしさよ川面うづめて花筏ゆく

西行にうたは委ねていつぽんの夕ヤマザクラひとり視てをり

頭蓋とふ重きはひめて人らみな顔立ち美《は》しく花の下くる

聖と戦つなぎて熟語つくりたるこの人界の花に暮れゆく

人として生きたかりけむ靖国の昼を瞑《くら》みて桜咲くなり

咲き照れる桜いくにち見たるゆゑ悔いなく春は送りてやらむ

辛夷咲く園

幼らの砂場に降りし鴉二羽両足そろへ楽しげに跳ぶ

車椅子押し来る人へ会釈しぬその母あるをわれは羨しむ

ひと葉ひと葉風を捉へて耀へりポプラ一樹のせいせいと立つ

ぶらんこの揺れを残して少年の去りし公園いつきに暮るる

おほでまり咲き極まりて惜しみなし梢の重さはかり難しも

ジョギングの朝あさに見る小変化柿の新葉のかたちなしゆく

暗緑の葉の重からむ雨あとの桜老樹の幹さすりやる

桃一樹春押し上げて咲くとのみ封じて後のことばを惜しむ

天に向きもくれん辛夷白う咲く花の裏のみわれは見てをり

天つ陽をひとり占めする白木蓮《はくれん》のおもへば花芽のとき永かりき

大輪のうらまで白き木蓮の花はしづかに天を仰げり

生《せい》をのみ思ひつづけて恥深し白き木蓮朽ちて散りたり

街路樹の芽吹くみどりへ射す朝陽感応うせし脳芯をうつ

初つばめ

子へはこぶ餌たらざるかつばくらめ雨にいくたび向きかへて飛ぶ

ひそやかに草の絮とぶ領域を截りしつばめの尾羽が光る

水甕の空を截りしは初つばめ波濤こえきし憂ひ見せざり

つばくらめ朝光曳きて出で入れり子をもつものの常にひたなり

口のみとなりて子つばめ親の餌を巣にあらそへり駅の一隅

はつなつの空

馬酔木すぎ花序すずらんへ移る庭毒ひむるものの白きが清《すが》し

咲かせしも咲かせざる木も葉明りに五月の空をみたしゆくなり

いちまいが一枚分の陽を反す庭木の若葉われを圧する

みつばちの減りしとふ記事読む縁《えん》に庭の蜜柑の花が匂へり

とめどなく蜜柑の花の白ちりて樹のうしなへる時間《とき》が見えくる

かなしみは十字に切りて咲きたらむどくだみの花闇明るます

鳥の巣のやうな白雲流れ来るふるさととほく時過ぎにけり

切れふかき棕櫚の葉間《あひ》に初夏《はつなつ》の真青き空がさらさらと鳴る

降ろされて布にもどりしこひのぼりあはれ閉ぢえぬ大き口もつ

繁るには間のある銀杏春の陽をあびてたしかな己を誇る

空のかぜ層なすらしも真鯉緋鯉子の鯉ときに泳ぎを乱す

庭の木の深葉にいつか住みつきし雀も春のうるほひに鳴く

永かりし緊張解きて葉ぼたんの塔なす芯に黄の花咲かす

夕ぼたん幾重に花弁とぢ納め包み込めざる香りを放つ

田打ちざくら

さやさやと庭木若葉のふらす詩語つつしみ享けむ手のひらひろぐ

序ことばといふを思へり五弁なすバラ科苺の花しづかなり

咲くこぶし田打ちざくらと又の名に呼ばれて過疎の農事急がす

梵鐘の一音ひびく峡《かひ》の空しろく紕してこぶし咲くなり

海までのあとさき競ひゐるならむ春の渓水《たにみづ》こゑあげてゆく

野茨の棘さへ目にはみづみづしひとときわれも春の児となる

花しろく枝をうづめし野茨の内在の刺見てしまひたり

風あれば青く撓へる今年竹反骨の声いまこそ挙げよ

押し返す樹々の力の交じりゐむ街とは違《たが》ふ山の風音

腐葉土といまだならざる落葉踏み茎やはらかき蕨を摘みぬ

道草のよもぎ土筆も食みし日よ疎開児ふたり寺に住みゐき

裡ふかく明るませしが葉ざくらと呼ぶ間みじかく過ぎてしまへり

草の絮

麦秋とふことば聴かねど大麦の熟れし田の風耳朶にのこれり

大鴉離れはなれて翔けゆけりいかにもひろき春の朝空

鳴きのぼり空の出口を忘れしか野ひばりのこゑ久しく聞かず

万緑のなかより降《お》りし対の鳩あかくちひさき足にてあゆむ

無心とも見えて吹かるる草の絮《わた》良き根はるべく土選りをらむ

酸ためて育ちゆくらし梅の葉のみどりのかげに円《まろ》ぐ実の見ゆ

たとふれば楠の春の葉さらさらと後なきものが音美《は》しく散る

楠わかば一樹の嵩をせりあげて春定まりしひかりにそよぐ

小さき拳《て》を解きたる蕨たちまちに羊歯むらなして傾《なだり》をうづむ

すつぱりと未来へ歩み行きしあり蛇の抜け殻枝にふかるる

カルスト台地

夢叶ひカルスト台地に遠く来ぬ風より澄みて一歩をしるす

かく生きて何に継がむか一葉《いちえふ》の芽吹くものなき台地を歩む

しらしらと石灰石の続くのみ起伏を踏めば己ちひさし

石灰石つづく間《あはひ》のかぜ寒し客待つ馬の明眸潤む

小石踏む蹄のひびきかなしかり客乗す馬も晩年を耐ふ

海行

倉敷の雨に樗のけぶり咲く閑雅一場われも濡れゆく

駆り立つるものなく来しを立つ浜に波は力をぬかず打ち寄す

島浜へ着きて憩へる流木にこころあづけて浪の音きく

漂ひし日月《ひづき》しらねど浜の陽をためて流木ほのかに温し

差し潮のおよぶ跡らし点点と浜一線に藻くづ残れり

潮の香をいまだとどむる片つ貝ひろひし砂にもどしてやらむ

引きてまた打ち寄す波へ息合はせひととき陸《くが》の果てを歩みぬ

引く波につぎは乗りゆけ浜砂にまみれし藻屑生きの匂ひす

山を墾《ひら》き島の人らの育てたる瀬戸のレモンの香り購《あがな》ふ

盛りあげて売らるる飛魚《あご》の一尾づつ青き胸びれ透きてひかれり

船べりへ数をつらねて海鳥の一羽いちはのこゑ生臭し

海峡をまたぐ大橋写さむと放心の背《せな》さらしをりたり

川なして来島海峡潮速し海も自浄のときにかあらむ

海のなき大和より来て瀬戸内の大き夕日に深く礼《ゐや》なす

五箇山

豪雪をしのぐ勾配きはまりて合掌屋根の茅葺厚し

大家族いかに住みけむ合掌屋根をささへて太し梁また柱

身にかへて思へば痛し立山杉の樹齢六百年裂傷さらす

雪折れの根方するどくいちやうに杉の若木は谷に傾く

闇にまぎれこの桜樹も哭きたらむ幹にのこせる黒きいくすぢ

Ⅱ　夏の章

半旗かかげて

夾竹桃血の暈《かさ》に似て咲き盛る八月六日の白き径ゆく

獣よりさびしき嵩に撃たれけむ戦場の骨還《こつ》らざりにき

届きたる軍事郵便入れしのみ眼窩を去らぬ父の葬の日

恃むべき父を知らざるひと生なり戦《いくさ》憎みて終焉ちかし

青き矢となりて木賊の繁り立つ宿恨いくつ木草も秘むか

歯の治療受けつつ思ふ戦場にいかにか飢ゑて父の果てけむ

仏壇にたつた一葉《いちえふ》のこるのみ父を詠ひて父を知らざり

終戦忌黙禱終へて出であふぐからんと青くひろき空あり

亡き母のひとり守りし山荒れて戦痕ありし松も朽ちたり

女郎花　桔梗山路に手折り来て身内《みぬち》去らざる戦死者と逅ふ

じんじんと熊蟬こゑをそろへ鳴く半旗かかげてわが戦後あり

双　眼

使用限度いくとせならむ出征もわかれも見たるわれの双眼

ほうほうと山鳩啼けり身障の子を急きたててわれは育てき

遠街へ子ら見送りていちはつの花の白きが裸眼に沁みる

帰りゆく子と子の妻を送りつつ亡き姑の悲にいま触るる

法師蟬すがりて鳴けるわが家の壁に西日のあたるさびしさ

父征きし島の上《へ》越えて飛ぶならむ病むなかれ死ぬなかれ燕発ちたり

夏の花

炎昼を白よりしろき花木槿謐かなる語彙湛へて咲けり

百日をかぎりとなすや百日紅の梢の花のとぼしらに見ゆ

野趣のこす高砂百合の生きぢから挿すガラス器の水が減りゆく

休田《やすみだ》へ初夏の太陽ひきよせてひまはり千本はればれと咲く

津波禍の田に植ゑられしひまはりの花へゴッホのゑのぐ尽きるな

咲きさがる凌霄花の朱にふれて今日を保たむ背筋をのばす

身繕ひ・気遣ひ・ゆとり失ふを見て見ぬふりに咲く白木槿

あぶらぎる炎暑に耐へて緋のカンナひと生《よ》の大事尽くして咲けり

月見草月光菩薩の手にひと夜守られたらむ花の露めく

太陽の子なる大輪ひまはりは頭垂《かうべ》るるな今日終戦忌

川蘆の根方の水に照り及ぶ夏の夕陽が声なく赤し

茎猛く陽に向きをりしひまはりのやさしき花の夕べとなりぬ

星まつり紙縒幼くよりゐたり覚めて銀河も母もあらざり

夏の田の水が素足にあつかりき母と稗抜く夢に覚めたり

八月のかげ

遮断機の上がりし刹那渡らむと濃き八月の影を踏みあふ

抱《いだ》かれて真深き胸に眠りゐる幼よ父を失ふなかれ

自が影も味方にしたき炎昼を幹いつぽんに街路樹立てり

くづれゆく怯えもあらむ形代に似る八月の白き雲ゆく

夕焼けて空も憤怒の色なせり核実験の報をまた聞く

ひつしりと蓮の広き葉田を占めて八月の空映すとはせず
天空を月ゆき雲ゆき還れざりしあまたたましひ彷徨ふらむか

紫紺

永住といまだ決めねど庭畑の土を起こせば真そこ親し

庭の土囲ひて植ゑし夏葱の尊きまでのみどりをきざむ

青きものきざむ夕べの手の熟《こな》し媼の域へ幾夏経たる

はしり花紫紺の茄子へ実りつつこころにそひて畑つもの育つ

優曇華の花見ることも身に慣れて初採りなすびの紫紺を供ふ

夏柑の青葉食みゐし幼虫らいづこに今朝の翅かがやかす

幹のぼる間も惜しみしか下つ葉に抜け殻あづけ発《た》ちし蝉あり

怠け癖つきていつしかペン胼胝もまして鍬胼胝失せし手のひら

石鹸のかたち日ごとに小さくなる洗ふとふこと悲を伴なへり

片仮名のカの字になるを戒めてちからい一字に筆圧加ふ

蟬の経耳に障《さや》りしひと日なりわれの生活《たつき》の乱れしならむ

一センチにいまだ満たねどわが蜜柑着果たしかなみどりをなせり

向ひ家の庭に老鶯ひと日ゐていくたび声に谷渡りせり

撒く水の溜りに夏の鳩のきてかぼそき蹠《あうら》浸しゆきたり

茄子の花咲かずなりたり敷藁に昼のこほろぎ時惜しみ鳴く

十方へひかり放ちてしづむ陽が傾きしるきひまはりを照らす

ムンクの叫び

苦しげなムンクの叫び聞きたらむ歪みて海の陽が入りゆけり

松籟といふにはさびし岬端《さきはな》の古りし一樹のこずゑ揉みあふ

海どりも見つつゆきしか流れ木の骨めくかけら浜に乾けり

脇甘く海どりゆけり簡潔な死などなきことおもひみるべし

背びらきの魚を吊してかぜに干す十指の勁さ人は見せをり

空と海まじはる果ての陽を追ひて翔る一羽よいづくにねむる

潮かぜに鳥のまなこの痛からむ啼きて癒さむ間のなき日暮れ

海近くニセアカシアの咲きみちて高枝の花はひとと仰がしむ

能登の海波立たぬゆゑ沖みえて白一文字にゆく鳥のあり

沖とほく凪ぎて平らに見ゆる波渚打つときその音高し

外海の風からむれる能登の家めぐらす籬《まがき》夏陽に白し

海添ひの傾く松に立つ鷺の絶賛のごとき一点の白

いくすぢの亀裂もつ顔外海に向け立つ巌《いは》の覚悟こそ好し

重量感みせて海の陽しづみゆく天地にひとつわがいのちあり

洗はれて昇り来ること疑はず波にゆがみし入り陽を送る

人も木もかげ失ひて立つ渚うしほは重く夜にいりゆく

水《すい》簾《れん》

沈めむと滝へ放ちしわがこゑがしぶきとなりて額《ぬか》を濡らせり

いくたりの声とぢこめて滝の水の凍る真冬をおもひみるなり

全長の見えし華厳の瀑声に才なきわれのことば断たるる

七色に足らねど華厳の滝の虹みえて一朝のゆめをひろひぬ

虹立ちて華厳の滝を荘厳す秋透明のなかにわが在り

船上に男体山の峰あふぐへだてて恋ひしこともはるけし

天命も非命もあらずみづうみに男体山は逆さ影置く

自らの時間を仕切る覚悟なく満干《みちひ》あらざる湖面に見入る

行く先のいづくか知らず滝口へ浮き葉おのづと吸はれゆきたり

屈まりて戦場ヶ原の風聴けり若き日のわれかがよひ出でよ

湿原のいろづく千草ひからせて渡るかぜあり双手に掬ふ

反射光

アキアカネひぐらし老鶯ちちははの墓碑に涼しく添ふいのちあり

蜩の界となりたり父ははと別れて山の墓みち下《くだ》る

かぎりある土地を死者へも分かたむと山のなだりの整地されゆく

山道を先に下れる夫の背のリュックの水がゆれて音する

青すすき刈り残されて穂をもてり人傷つけむおもひも過ぎき

真夏日の谷の流れの反射光岸《きし》の一樹の葉うらを照らす

里川の流れのゆるむひとところ真夏の雲の影がとどまる

山近き駅に待つ間の髪に吹く風は青葉のかをりをもてり

まつはりてともに乗りたる白きてふ冷房車両に秩序なくとぶ

盆の花枯れればむ頃か花もまた自がゆく墓場おもひてをらむ

抑揚をもちてひぐらしひとつ鳴くひとつ鳴くまま盆の日くるる

息そろへ千の熊蟬鳴くかとも一樹のかたへ耳塞ぎ過ぐ

信濃尖峰

わが過去もしばしかがよへ日月《ひづき》経て逅ふ梓川清くながるる

つつがある身をはげまして万年の沈黙ふかき雪渓に立つ

焼岳の爛れし峰に線香のけむりがほどの噴煙あがる

風葬をとげゆくものら浄めむと信濃連山白く雪置く

歳月を負ふ背《せな》さらす一介のなげきも容れて穂高嶺《ね》蒼し

身を伏して丈余《ぢやうよ》の雪をしのぎけむ五月笹はら傷む葉多し

凍傷の葉も直らむと熊笹のひめもつ力あをく謐けし

魅了して立ちはだかれる雪壁にしんしんとわがいのち研がるる

雪残す穂高連峰あふぎつつあならうら熱く沸くちからあり

下渓《したたに》は風あるらしも虎杖の穂白《ほじろ》の花のしきり乱るる

傾きしケルンに小石ひとつ積むこの危ふさをわれは生きさし

虎杖の多《さは》なる花のせばめたる下《くだ》り谿みちいよいよ険し

虎杖の酢ゆきも食みて育ちしを言へば身の歯にしみる風あり

槍・穂高・登り来し夫自らを労るごとくキャラバン磨く

朝夕の霧に浄みて霧ヶ峰のキスゲの花の極むあかるさ

霧ヶ峰のなだり黄に染め咲くキスゲ高原なれば花ひくくもつ

Ⅲ　秋の章

天の古道

秋の蝶ふはりと垣をこえて来ぬ逡巡の間《あひ》見透かされたり

秋の土寡黙にありて一茎の河原なでしこ白く咲かしむ

こゑ凛《きよ》く「雁の琴柱《ことぢ》」と君の指す天の古道のしばし暗むな

行合の空へ挿頭《かざし》の紅《こう》ゆらすさるすべりながき夏を耐へたり

声ひそめ国境越えて来しならむ渡りの鳥らさわがしく鳴く

「死ねば無」と常に宣らしし師を偲ぶ額《ぬか》いたきまで秋天青し

導かれ詠みきしわれの歳月のうかぶ向かうに彼岸ばなもゆ

この下を銀なす水の流れゐるむすすきひかりて片波立てり

穂すすきの銀の簾を風のゆらす大和高原《たかはら》清くま邃し

出そろひしすすきの白穂《しらほ》ゆらせゆく風も人語も夕映えに染《そ》む

野の白き石も仏に見ゆるまで芒なびかせ夕風わたる

青にほふ

咲きつぎし日々草《にちにちさう》の赤き花いろあたらしく秋に入りたり

花びらのひとつ欠けたる貴船菊かけたるままにいのち保てり

つぼみいま解《と》きゆく秋の朝顔の残す力の青が匂へり

蜘蛛の巣を危ふく避けしアキアカネ光れる翅に未来のせたり

青立ちて秋の木賊の律す界微光ひきつつなごり蝶まふ

ひいやりと足にふれしは雁渡し国境問はぬ鳥にこそ学べ

失ひしものこまごまと重なりて銀木犀の落花を掬ふ

引き結ぶ縁《えにし》わが上になほあらむ水引草の紅暮れ残る

逆さまに吊るして干せる紅きバラいのち褪せゆくにほひを吐けり

にちげつ

針刺しの針も老いしか目のうとくなりて持つこと稀となりたり

色づきし庭の蜜柑のかず見えて木も裏年の秋をふかむる

闘ふと枯れ蟷螂の構へしを見てよりわれの秋深みゆく

日本の秋を占めゐし泡立草の勝鬨のこゑ絶えし岸ゆく

秋の歯にさくりと食みしくれなゐの林檎も視野にかへらぬひとつ

春あきの種子蒔く母のはるけさに間引く冬菜のさみどり潤む

外仕事終へて見せあふ荒れし手の運命線は共に来し線

最終のバス行く時を目覚めゐる待つこと多き月日かさねて

生きること虚構ならねば拭く床《ゆか》に膝つくわれがいびつに映る

すぎゆけばみな美しく通夜の座に漂ふごとく菊が匂へり

秋透く

末枯れつついのちの幅にゆるる蘆わが正念の時か見えくる

道草をしてをりたらむ羊ぐも季《とき》に遅れしひとむれのゆく

みづからの痛みに裂けて石榴《せきりう》の落ちとどまれる力を信ず

庭隅《くま》の柔穂《にこほ》のすすき四・五本へ澄みて青めく八日月あり

高枝の蜜柑の溜めし陽の温み収穫しゆく指に伝はる

梅干の酸味加へて鰯煮るこの平安をしるべとなしぬ

信州の旅にて購《か》ひし木杓子に湯気だつ今朝のしら飯《いひ》装ふ

盆栽の檸檬の黄ばむひとつ実が直接にして香りを放つ

外したる眼鏡のくもり拭ふとき見落としきたるものの数見ゆ

ア音

幹ゆがむ街路の樹々の立ち耐へて葉ごとに秋の色を競へり

山帰来のいろづく珠美いぢらしも陽はあやまたず実を照らすなり

背のびなどしつつ生きるな父のこゑ母のこゑせり萩の風吹く

翅脈のみ残れる蝶の片翅のふかれてゆけり内より冷ゆる

喝采をあびて緞帳下りるごと銀杏もみぢはおごそかに散る

華やぎてありし銀杏の落としたる葉のひとひらの嵩がまさびし

いかほどの界《かい》見しならむ秋の蝶もつるることのなくて庭去る

捨てし葉のゆくへは知らず大いちやう枝《えだ》簡潔に峡の空指す

踏みたるはクヌギの実なり足もとを今年の秋のすりぬけてゆく

燃え尽きて岸に朽ちゆく彼岸花ア音がほどの音《ね》もあげざりき

言葉零れて

菜の虫をあまた潰しし指ながら夕べすらすらごばう削ぎ終ふ

つつましくことば択びて語らむか檀の朱実はじけ初めたり

むれにつつ家並に添ひてひくく飛ぶ鳥も人語を恋ふにかあらむ

割り箸に水蝶二匹さして干す愛の有無など問はず日の過ぐ

花終へて常の一樹にもどりたる銀木犀に秋陽がやさし

ひとり分ほどの日溜り庭石に残して秋の陽の傾きぬ

火口湖

火口湖へ息ととのへて座す周《めぐ》り瑠璃清浄に竜胆咲けり

這松のみどりが深し噴火して怒りしのちの山を鎮むる

エメラルドグリーンと聞けどきみわるし白根山湯釜空をうつさず

火口湖に風つのるらし漂へる硫黄異臭のいちやうならず

火口湖をかすめて秋のつばめ飛ぶ波濤こえゆく胸裂くなかれ

火口湖へ雪降る景をおもふさへ言《げん》つつしみて冬は越すべき

ナナカマドやや色づきて八月の山に律雅を奏でむとせり

告げあはず互にシャッター押し合ひぬ山の一会に秋の陽が照る

アリバイ

天ちかく穂に咲くすすきはなやげり生きの身の肩しばしほぐるる

音に踏み縄文人ら駆けにけむなだりの蕨枯れて丈なす

人に世につながりたくて架けたらむ底澄む川の吊橋わたる

アリバイといふに足らねど吊橋の縁《へり》に汗ばむ掌紋のこす

ひとひとり渡らぬ橋のうら映す真澄める水をわれは畏るる

青空の狭きを雲と分け合ひて膚《はだへ》立ち立つ京の山杉

吹きつけて草の亡びをいそがせし風も見らるる背《そびら》をもてり

にんげんの立ち居地顔《ぢがほ》も見えをらむ頭上群れ行く椋鳥《むく》をおそるる

見返りて手をふるごとく朱のもみぢ葉うら見せつつ谿に落ちゆく

標高を問へば九〇〇蕎麦畑に一会の人も花もつつまし

美しい国

ちちははの墓あるゆゑに帰り来て異客のごとくふるさとを歩む

母ひとり開墾なしし藷畑《いもばたけ》山にかへりて風透き通る

寺庭に憩ふ時の間本堂の影きはやかに芝生を移る

あつけなく秋の彼岸の日輪が亡き父母攫ひ沈みゆきたり

電子音知らず育ちき水澄める秋の水車に米など搗きて

早場米《はやばまい》刈られしあとの空澄みて雲の羊がゆつくりとゆく

刈あとの藁積む景も見ずなりぬかくて神話の失せゆくらむか

「美しい国」の幻像いだかねど雁ひとつらの来るを今日見き

枯れ松に喪章のごとく鴉ゐて文明の世の果てか見てをり

秋深む柿の高枝にゐるは鵙均衡ひたと人寄せしめず

天動説

二上山《ふたかみ》へ日の入る位地の変はりたり天動説も切り捨て難し

しあはせの落ちてゐさうな刈跡のひかりをあびて鴉歩めり

霊場へ人ら踏みしむ石段《いしきだ》の窪みに秋の葉洩れ陽ゆるる

緊張感失せたるさまにうら見する落葉のこころ踏みて歩めり

ひとの家のこととおもへど蔓バラの蔓入り組みて垣根おほへり

土もたげ芽吹く気配する鉢植ゑのクロッカスの辺に膝ひくく寄る

木犀の落花円なす領域に今朝あたらしく散りしがまじる

常緑の葉うらを選りし蟬ならむ残すぬけがら褪せて秋ゆく

残照

ひろげたるアキツの翅のふるへつつ季《とき》うながして過ぐる風あり

押しならび咲く鶏頭の種子もちて一株ごとのかげ地に深し

多年草にあらねばあまた種子もちて鶏頭の花いよいよ太る

丈高き帰化植物も見ずなりぬ車体ゆすりてダンプ過ぎゆく

家を成す壁つり上げし緊張を解かれてクレーン深くねむれり

夏草の枯れ立つ原の明るさはいま夕やけの雲よりか来る

ゐぐられし山の肩辺にあたたかき言葉のごとく残照のあり

皮剝きし美濃柿一連つるす軒小春つどひてわれも照り映ゆ

秋草の野も寒からむ捨てられし整理箪笥にしみて雨ふる

野のすすきいくたび絮を放ちけむ無窮自在を求めて久し

いびつなる花梨の実さへ黄に染めて日本の秋深みゆくなり

朋《とも》がら

ゆふがらす虚実の間《あひ》を鳴き帰る秋の稜線しばし陽のあれ

ほととぎす悲傷の花とおもふまで雨に傾く茎立て直す

ひつぢ田の露一滴に凌ぎゐむ枯れかまきりの生《よ》も過ぎ難し

粒立てて朱増す千両うばはむと舌の根もつれ鵯《ひよ》の声張る

歌ふごと秋の山の木葉を落とす紛れて鳴ける鳥もゐるべし

しつしつと杉の秀《ほ》に降る京しぐれ定住問はぬ鳥かぬれゆく

山茶花の蜜を盗みてゐし鵯《ひよ》の身の程のこゑ遠ざかりゆく

振りかへる一羽とてなくゆく鳥にわが来し方の陽だまりも見ゆ

ふる里のありてあらざる境涯に茶の花山茶花鵙も朋がら

起き出でて昨日とおなじ朝支度寒菊一枝茶の間ひきしむ

Ⅳ　冬の章

寒の月

西の窓透きくる寒の月明かり刃跡にくぼむ俎板照らす

われの身に涙湖のあるをかなしみて寒の夕べの蛇口を開く

俎板に余れる鮭よこのさびしき眼《まなこ》ひらきて回遊せしか

生みて死す鮭と知りつつ食めばかなし子さへわが意の外あゆみゆく

平穏はときにかなしも風道となりし玻璃戸のしきりに鳴りぬ

夕星

山の旬野の旬失せて一月の地下の売り場に蕗の薹買ふ

北上のこころかきたてゐるらむか古皿の鶴のたたむ白羽根

家内《いへぬち》のキッチンのみをあたためて夫《つま》と短く夕餉終へたり

隣家へ境をこえし南天の垂るる実の枝惜しみつつ剪る

吹くかぜの象《かたち》見えねど寒空《かんぞら》の雲の茜のちらばりてゆく

ガラス透く冬のひかりが縁側の座布団いちまいあたためてをり

わが耳をひと日研ぎたる風落ちてかなしきまでに夕星《ゆふづつ》ひかる

指のあと

ふた親を覚えず冬を凌ぐ鳥われの青菜も食みて生き抜け

草履編む藁を打ちたる槌の柄にのこる指あと母のゆびあと

薪を焼《く》べ風呂焚く若き日の母が立ちあらはれてわれを照らせり

山畑にさるとりいばら笹竹の生ひて耕す母苦しめき

支援などなき世の母ら祈りけむ子安くわんおん延命地蔵

飼はれゐし日へは戻れぬ一匹の犬が冬野の風わけてゆく

季《とき》くれば鳴くべき虫を眠らせてひかりあかるく冬の野はあり

冬の風呼びあふ原の多年草人間《ひと》よりながきいのちもつらし

相つれてひと日居りしか夕冷えを白羽根そろへ帰る鷺あり

遊ぶ子も帰りうながす母もゐず冬の夕日が公園染むる

茜雲・ぶらんこ漕ぐ子おきざりに南へとほく陽の入りゆけり

ねぐらする枝争ひの早まりて鳥らに冬のひと日せばまる

野の起伏しろく抑へて穂すすきの絮よ確かな明日へ飛び立て

冬の鳥

安息のアンテナならむ鵙一羽こゑをしまひて冬を見てをり

人間の嘆きに似せて啼く鴉ひと生《よ》野棲みの矜恃ゆるぶな

からす二羽用ありげなる羽づかひす丘の向かうに凶《まが》ごとあるな

残る実をあらそふ鵯《ひよ》のこゑさむし天《あま》が下なる共存者たれ

葉を捨てし枝垂れ柳の細き枝に夕すずめ来てゆれつつ鳴けり

波立つと見えしは鴨の群れなりき寄るも離《か》るるも風にあづけて

池に浮く片雲さけて合鴨ら空とぶ錯誤もつにかあらむ

枯れ蘆のさかさの影を乱しつつはぐれし鴨か孤の遊びする

こゑあげずわが畑漁りゐし鵯《ひよ》も菜芯の蕾残してゆけり

去るものを追うて何なす椋鳥の一群気負ひ樹を発ちゆけり

椋の群れかたちかへつつ遠ざかる統ぶるいち羽の強き意思ある

白鷺のあまたの眠り受けいれて陵の森いまし暮れゆく

天に地に孤独はしみてゆく鳥もわれも二月の雪に降らるる

風の視線

さざんくわの今年数なき花の紅風《こう》の視線に射らるるなかれ

押しひらく蕾の力ためをらむ木蓮の枝をりをり震ふ

もくれんの尖る花芽の天指せり凍て傷いくつ耐へてかをらむ

味方などあるはずのなし北かぜに冬の噴水円乱し落つ

噂のみひとり歩きする経緯など見てしまひたり寒の日つづく

きりきりと奥歯軋りて百舌鳥鳴けり胸に呑み込む術《すべ》あるものを

ゆめの穂をちぎるばかりに吹きすさぶ風の継ぎ目を見失ひたり

交差路を渡れる傘のひとつづつ心の色を覆ひてゆけり

ひと息のことばこそあれ根昆布を漬けたる水のぬめり飲み干す

生死《しやうじ》さへ韻律たかく詠まむとするいかなる性《さが》を負ひて生れしか

生《あ》れし日のわれを知る人世にあらず冴えて二月の月渡りゆく

棘瘦せてさるとりいばら人阻む賭《と》して守《も》るべきわれに何ある

鳥《とり》笙《ぶえ》

街灯の下あゆみつつ手を振れば影も前後に両の手をふる

張りかへし障子に映る照り翳り実に来し鳥のかげか動けり

張り替へて仕切る障子にうつるかげ屑繭つむぎ母が機織る

目つむれば古井の屋根に雪霏々と悲々と降りつぎ母が水くむ

鳥笙と名づけてやらむひよどりの飢ゑて冬越すこゝろの切《せち》なり

花馬酔木に毒のあらぬか啄める目のふちどりの白き鳥見ゆ

空こめて柔毛《にこげ》めき降る今朝の雪万《まん》なす鶴の羽根抜きをらむ

ひひらぎの雪

つつましく花咲きをへしひひらぎの尖る葉冬の硬直みする

冬の陽の欠片のごときもみぢ葉が吹かれてゆけり転生のあれ

不慮の死を送る花輪におのづから吹き集まりて寒の風鳴る

おのづから折れ重なりて枯れ蓮の春待つ根茎まもらむとせり

人語さへ凍る寒さを瀬に立ちて鷺はいくたび嘴洗ひたり

ひひらぎの木に今朝積もる化粧雪ひと葉ひと葉の刺をのぞかす

木蓮のつぼみ柔毛《にこげ》につつまるるかく大切に子を育てしや

末吉

身にふさふほどの幸せ守り来て歳晩の街に若松購《か》へり

いくばくかことばの花を添へたりし投函の音耳底を打つ

こころ急き入りたる地下の店頭に柚子かがやきて冬をあたたむ

運ばれて庭に芽吹きしマンリヤウの生き抜く力われを引き緊《し》む

十両とふ別の名もてるヤブカウジ初日《はつひ》およびて紅《こう》あらたまる

天性の黄にかがやける柚子いくつ自が刺枝に傷負ふなかれ

いま一度かがやくチャンスの霜あびて枯れあぢさゐのくれなゐ美《は》しき

挿し木せし丈まだ低きセンリヤウの色づく初実われを幸《さきは》ふ

越年の障子を白く立たしめて己を汚す感情払ふ

おみくじの末吉なるを良しとして初日の照らす枝にむすびぬ

そののちを知らねど合格祈願せし絵馬のなべてに陽が当たりゐる

重なれる椿の厚葉照り分けて樹心のぞかぬ日輪やさし

ブーツ

向かひ立つ素手のこころぞ枯れ蘆のかぜに押されていくたび直る

遂げざりしものに躓くおもひせりブーツ履きたる歩み重たし

くり返し虚空を突きて噴水の片折るる秀《ほ》に冬の虹立つ

幹の負ふ瘤もろともにきさらぎの月が街路へ樹の影のばす

売家の痩せたる庭に山茶花の咲きて華やぐひとところあり

「ゆっくり」のなかの促音おもはせて二月のさくら花芽の固し

目の合ひて一瞥もなく寒の猫乾きし庭の平らを過る

もの忘れ多くなりつつひと束のごばう埋めむ庭の土掘る

悲の嵩

晩秋の田にさびさびと降れる雨みどり短きひこばえ濡らす

冬の雨降りくる道とおもふまで線路に沿ひて穂すすき白し

視野の端《は》に廃屋見えて単線の特急の笛ながくひびけり

丹波路を走る車窓の片暮れてとほ世のわれか目の合ひにけり

栗山のうへ吹き過ぐる風のおと丹波の里に冬が来てをり

きはまりし過疎のふるさと家ごとに鹿ふせぐとぞ柵をめぐらす

ふるさとの藁葺き屋根の一九戸もるる冬の灯涙のごとし

南方に果てて骨なき父の碑に天のてのひら迷ひ雪よぶ

人の世にはぐれし寒さ杉山の狭めし里に朝吹雪する

鳥髪の雪まならうらにおもふさへ逃れやうなき悲の嵩深む

仕掛けして捕らへし小鳥食みしこと雪降ればおもふ　戦後なりにき

ぬきさしのならぬおもひは持つなかれ丈ひくくして冬草青し

ふり向けば平坦ならず道の辺の草もこころをつくして詠まむ

白萩のいのちこぼしし直土に師走の月のおごそかに射す

たり・けりと詠めどよみ得ぬ過ぎ来しも抱《いだ》きてゆずの香りに浸る

亡きひとを追ふこといつか身を過ぎて冬葱白く青く洗ひぬ

冬の太陽

濡れ羽いろ失せたることもすでにして髪吹かれつつ夕鳥見送る

冬空に白雲しばしとどまれり雲の駅などあるやも知れず

かくれんぼ折よき雲の背にまはり冬の太陽孤の遊びする

クレーンの先端はたと静止せり天の深さと向きあふごとく

今さへも過去となりゆく燈の下にポインセチアが異様に赤し

笛となるまで

風笛《かざぶえ》とことば優しみ呼びおかむ征きたる父の碑に吹きつのる

うつしゑに知る父尋ね何なさむ五百羅漢に雨降るばかり

雨雲の名残の雲にとどくまでいのちゆすりて山鳩の啼く

昨夜《よべ》降りし雨の流れの跡ふめば音失ひし落葉嵩なす

夕がらす啼くこゑときに重なりて寄辺となさむ他者を呼ぶらし

飛ぶ羽根を持たざる合鴨《かも》の冬の池に天意のひかり澄みて及べり

風花は空の旅びと山茶花の紅《こう》なす花にふれて消えたり

戦なき世にこそ生きよ孫ふたり爪先立ちて撞木引きたむ

葉洩れ陽の春めく下に藪椿の落ちて無傷のくれなゐ拾ふ

なほ迷ふ心のゆくへ臘梅の極北示す枝がにほへり

波乗りのかたちに鵯《ひよ》か一羽ゆく海なき大和の美《は》しき寒晴れ

氷輪と呼ぶにふさへる如月の孤高の月に照らされあゆむ

月青き下びに立ちて一管の笛となるまで芯立てのばす

あとがき

『鈴綱』につぐ第二歌集『鳥笙《とりぶえ》』を上梓することになりました。鳥笙は、故山中智恵子氏のご歌集『みずかありなむ』に収められた作品のなかからいただき、集の名といたしました。配列は製作年順ではなく、春夏秋冬、四章にわけ四四三首を収載しました。

環境破壊や自然災害が地球全体に及んでいる今、自然をこそ詠みたいと思い、打算や習慣によるくもりを洗い流して、自然をうたの対象として見るように心がけています。

自然が見えるようになると社会が、人が、自分が見えてくると常々考えていると、身辺の草や木、鳥たちも愛おしく朋《とも》がらと思えて来ました。しかし、私のうたの原点は、父の戦死にあります。父は昭和十九年十二月、三十歳の若さでニューギニアに果てました。今もって戦後七十幾年とたわやすく口にすることは出来ません。幼いころから抱き続けて来た戦争への帳恨を胸底深く持ち続けている現状ではありますが、近年、殊に大地震、洪水などを目の当りにし、多くの人々の身に降りかかった禍が我がこととして他者が見えるようになり、良き明日が来るよう祈らずにはいられない境地に至りました。

本集の上梓は粗雑、拙速の思いはありますが、短歌は限りなく奥深く努力と研鑽を続けていく他なく、心静かに自然へより近付き驚きの目をもって詠みつづけるうえでの過渡的一集としてまとめました。

日本歌人へ入会させて頂いて以来暖かく受け入れてくださった先師、前川佐美雄先生、緑先生、第二歌集を編むにあたり、前川佐重郎先生には温情溢れるご指導ご助言を賜り、また、佐重郎先生のお許しをいただき、巻頭を日本歌人夏行の折の賞として頂いた先生直筆の歌で飾らせて頂くことが出来ました。

縁を得て出版の労をとって下さった砂子屋書房の田村雅之氏、第一歌集に加えて今回も、装幀、デザインをして下さった間村俊一氏に深く感謝致します。

二〇一九年四月

芦田敏子

〔著者略歴〕

昭和十五年　京都府天田郡（福知山市）生まれ
昭和四十六年　橿原短歌の会入会
昭和五十四年　日本歌人入会
昭和六十一年　日本歌人新人賞受賞
平成十二年　日本歌人賞受賞
平成二十三年　第一歌集『鈴綱』上梓

歌集　鳥笙　とりぶえ　「日本歌人」叢書

二〇一九年六月一五日初版発行

著　者　芦田敏子
生駒市真弓三—一—二五（〒六三〇—〇一二二）

発行者　田村雅之

発行所　砂子屋書房
東京都千代田区内神田三—四—七（〒一〇一—〇〇四七）
電話　〇三—三二五六—四七〇八　振替　〇〇一三〇—二—九七六三一
URL　http://www.sunagoya.com

組　版　はあどわあく

印　刷　長野印刷商工株式会社

製　本　渋谷文泉閣